U0939836

桌上的猫和狗

〔日〕安西水丸 和田诚 著
张璐 译

南海出版公司

新经典文化股份有限公司
www.readinglife.com
出　品

mizu

目录

前言

和田诚

我曾多次与安西水丸先生合作，共同举办过三次展览。我们以同一主题，在一张纸的左右两侧分别作画，由于画风迥异，大多数人不看署名，也能认出作者。偶尔有些人会拿不准，甚至完全分不清楚。虽有些不可思议，但转念一想，或许是因为我们的品位相似吧。这样看来，分辨不出也不足为奇了。

这么说，我可真是捡了便宜。既然水丸先生品位不俗，我自然也算品位不俗。不过，这都是自说自话罢了。

我与水丸先生合作过两本书。一本是绘本 *No Idea*，整理了我们首次共同展出的画，又加上一些评论，或者说是极为短小的随笔。

还有一本是“随笔接力”《青豆豆腐》。我们中的一个人写下开头，后续交由另一位完成，话题转移后，再交还给开篇的人，并互相为对方的文章画插画。这时，两人同为插画家的有趣之处就显而易见了。

这本《桌上的猫和狗》是共同展览“On The Table”的集结作品，文章体裁由随笔变成了小说——短故事和超短篇小说。

水丸先生还是一位出版过好几部短篇小说集的小说家，他的短篇余韵悠远，意味深长。而我平时不是不写虚构作品，但净是画册里的故事或落语的剧本，完全是另一种类型。当然，如果还是有人说“完全看不出分别嘛”，我会非常高兴的。

童话人偶

……安西水丸

R 冲澡时，电话铃响了。十一声后，铃声停了下来。

用吹风机将头发吹干，再用毛巾仔细拭干了身体。外面的天气格外晴朗。

时间已经过了上午十一点。春光洒在灰色的地毯上。R 脱下浴袍，在阳光中坐下。皮肤感受到的温度很是舒服。

冲完澡沐浴在晨光里，是她在休息日中的安逸时光。

每当此时，R 总会想起长谷川，想起他含混的声音。

上大学时，长谷川教法国文学，她选了他的研讨课。那时，他已年过四十，有妻有子。

“你们猜，母亲去世时，我得到了什么遗物？是一只她很喜欢的猫！你们信吗？居然是一只猫哦。两个哥哥分到了房子和土地，而我只有一只猫。”课后闲聊时，长谷川半开玩笑地说起这件事。

那时，她立刻想到了法国作家夏尔·佩罗《穿靴子的猫》里的卡拉巴斯侯爵。故事讲的是分遗产时，三儿子只分到一只猫。猫给三儿子取名卡拉巴斯侯爵，并巧施妙计，让他一步步得到国王的青睐。

R 恋爱了。一下子就恋爱了。她一刻不停地想着长谷川。

“我可能迷上老师了。”R 曾向朋友说道。

“被卡拉巴斯侯爵迷住了啊。”

“好像是的。”

“那你呢，你是什么？”

“我嘛，是猫吧。”

“还是穿长靴的猫呢。”

R 和朋友这样聊着，笑了。

春日的暖阳缓缓移动，拥抱着 R，洒在胸前。乳房吸收着日光，思绪也融化般变得迷迷糊糊。她在阳光中蜷起身体。

好想就这样变成猫啊……

R，二十四岁零九个月，在丸之内当 OL，过着极为平凡的生活。

mizu

Wada

威士忌瓶

……和田诚

因为原山久违的来访，我打开了珍藏的苏格兰威士忌。加了些冰块，我们一边慢慢喝着，一边聊着各自的近况。“加了冰块，等冰化了味道就淡了。”原山说。“是啊，况且也没有冰块了。”我附和。于是干脆换成了纯饮。

“好喝。纯饮的味道更纯粹。”原山说。

“是啊。”我说。

“好酒也是有人格的。往里面加其他东西很不礼貌。”原山又说。

“酒也有人格吗？”我不禁问道。

“有啊，上等的苏格兰威士忌尤其如此。啤酒是善于交际的邻居大叔；波本威士忌呢，是脾气暴躁但慷慨大方的老爸；苏格兰威士忌则总给人一种立场鲜明、高贵圣洁的感觉。品酒就是在和他对话，说些不知所谓的话是会被嫌弃的。喝酒的人必须绷紧神经，做好和他交谈的准备。”

原山开始了他的表演，气氛也随之热烈起来。喝得舌头都打结了，威士忌讲座仍在继续。

突然，一位白胡须矮个子的老绅士出现了。

“你是谁？从哪儿进来的？”

“我不是从哪儿‘进’来的，我是苏格兰威士忌精灵。”

“《一千零一夜》里面的神灯会显灵，难道苏格兰威士忌也能显灵吗？”

“是你们说苏格兰威士忌有人格的啊，有人格当然能显灵。‘灵’用英语说是‘spirit’，也有酒的意思，狭义地说是蒸馏酒。换句话说，我就是苏格兰威士忌本尊。听见你们的夸赞，一高兴就现身了。来来来，接着喝，我也来点儿。拿个杯子去。”

明明是我的酒好不好，这老头儿可真不见外。我心里这样嘀咕，却还是拿出了杯子。然后……

阳光晃得我睁开眼睛，发现自己在沙发上合衣而睡。睡在地板上的原山也起来了，嘴里还念叨着“喝得真痛快啊”。

“话说那个老头儿到底是怎么回事？”

听我这样一问，原山笑了：“老头儿？那不是你喝醉了演的嘛。”

啊？既然是我看见了老头儿，那扮演的人应该是原山啊。简直莫名其妙。

总之，威士忌瓶滚落在地板上，桌上摆着三只杯子。

Wada

mizu

美式吉祥物

……安西水丸

老先生 Lee 往双筒望远镜里投了一枚二十五美分的硬币。K 凑过去，透过望远镜，能看到已经建成三分之二的世贸大楼的正面。吊车吊着的巨大铁架的顶端，星条旗迎风飘扬。

真是美国人的做派，K 想。

这还是 K 第一次在周日午后登上帝国大厦的展望台。是老先生 Lee 邀请他来的，说是“制造回忆”。明天下午，他就要离开生活了三年的纽约。

K 缓缓调整望远镜的视角，一个大大的广告牌进入了视野。

“面团宝宝在往这边看呢。”K 把望远镜让给了老先生 Lee。

“好孩子。一按他的肚子，他就会呵呵笑。”

面团宝宝是他们“品食乐逗公司”[①] 的吉祥物，这个形象借由电视广告为人熟知，很受欢迎。

“我有一个花生先生[②]，上好发条就能动。”

“那家公司是一个叫阿梅代奥·欧地奇[③] 的男人一手创立的，

---

① 作者虚构的公司名，原型应为美国品食乐（Pillsbury）公司，面团宝宝（Doughboy）是该公司的吉祥物。——译注（以下若无说明均为译注。）

② 绅士牌（Planters）坚果的吉祥物。

③ 原名为 Amedeo Obici。

他十一岁从意大利的港口坐船来到纽约，白手起家。”

“就像维托·柯里昂一样。”K 说起了电影《教父》。

“花生先生的原型是一位十四岁少年在比赛中获胜的作品。”老先生 Lee 又说。

两人在这里待了将近一个小时后离去，沿着冷风阵阵的第五大道走到第四十二街。

“一路保重。”

“承蒙关照了。”

“哪里，共事的日子很开心。”

老先生 Lee 是 K 设计工作室的同事，报纸的招聘广告招到的，专门负责用喷枪进行色彩修饰。他喜欢日本，总是一有机会就关照 K。

“我就不去机场送你了。”老先生 Lee 露出抱歉的神情，从花白的头上摘下礼帽，摆出握手的姿势。

两人不会再见面了。K 久久凝望着老先生 Lee 远去的背影。

一九七一年三月，纽约漫长的冬天快要结束了。

MIZU

Wada

惠比寿和大黑天[①]

……和田诚

惠比寿和大黑天住在一起。

“你们是同性恋？”弁财天[②]问。

两人没有回答，却同时腹诽：“男人间的友情女人怎么会懂？”

快到圣诞节了。惠比寿想给大黑天送件礼物。

“他总是把米袋子当宝贝，肯定想吃里面的米，但又没有蒸饭的物件。不如买一个送他当圣诞礼物吧。”

惠比寿到街上去，左找右找，才在一家杂货店看到一口能把饭蒸得松软可口的土锅。他很高兴，想买下来才发现自己没钱。七福神给人间带来财富与幸运，自己却是没钱的。

卖点什么换钱吧，惠比寿想。幸好胳膊下还夹着条鲷鱼，应该能换点钱。找买主时，他看到一家门面气派的寿司店。惠比寿从后门进去，跟一个看上去像是店主的中年男人搭话。他对这条上好的鲷鱼很感兴趣，问道：“多少钱？惠比寿报上和土锅一样的价钱。店主答应了。惠比寿拿到钱返回杂货店，买下了土锅。

大黑天也想送件礼物给惠比寿。

---

① 惠比寿神，日本的财神爷；大黑天神，开运招福之神。二者均属于日本“七福神”。

② 手弹琵琶的财福天女，“七福神”之一。

“那家伙总是抱着条鱼，肯定是钓来要吃的，但又没有切鱼的家伙什儿。对，就给他买把菜刀吧。”

大黑天也上街去。刀具店的橱窗里，摆着一把看上去很好用的刺身刀。“就是它了。”大黑天想。但他也没有钱，于是决定卖掉米袋里的米。找买主时，他的目光锁定了寿司店。正是惠比寿卖掉鲷鱼的那一家。

“多少钱卖？”店主问。

大黑天报上和菜刀一样的价钱。

“这么便宜就卖啊？”

“没事儿。”大黑天说着接过了钱。

圣诞节前夜。惠比寿和大黑天拿出要送给彼此的礼物。然而土锅要蒸的米、菜刀要切的鱼，都已经没了。两人笑了。

“虽说傻里傻气的，却是件暖心的事。”惠比寿说。

“我读过类似的故事，好像是美国的短篇小说。”大黑天说。

“鱼再钓就有。”惠比寿说。“米再收割就行。”大黑天也说。

“可是肚子饿了啊。”惠比寿又说。“是啊，叫个披萨外卖吧。”大黑天说。

Wada

mizu

猴子玩偶

……安西水丸

窗外，樱花随风飘落，纷纷扬扬。

U 把整理好的文件放在课长的桌子上。她新入职，被分到这个部门刚刚两周。

“我去泡咖啡，你要喝吗？”

“啊，这种事还是我来做吧。”

“不用啦，我泡咖啡的手艺很不错的。”

坐在她左侧的是入职三年的“猴子君”。他姓“申野”，公司里的人都亲昵地叫他猴子君[①]。U 问起姓氏的由来，申野说：这个姓虽不常见，但据说在富山县和岐阜县交界一带，申野一族一度很有势力。

也许是因为坐在 U 隔壁，每当 U 工作上遇到问题时，申野总会耐心地教她怎样处理，有时还邀请她一起吃个午饭什么的。

U 身高一米六二，三围八十五、五十八、八十三。这是在女子大学读书那会儿和朋友玩闹时量的。“你的身材啊，在陪酒女里最受欢迎了。明明那么瘦，胸围却有八十五呢。”朋友曾这样说她，但 U 并不太了解这些事情。

---

①“申野”读作“saruno”，“申”的发音“saru”，与“猴子”谐音。

大概入职半年多时，U 和猴子君的关系成为同事们的谈资。U 觉得，猴子君长得不错，工作能力尚可，如果他对自己有意，她也很乐意在一起。

那晚，U 应猴子君的邀请，在神宫前一家意式餐厅吃晚饭。

两人将选好的红酒倒入杯中，喝了起来。

“从我的姓就能看出来，我家的守护神是‘申’，也就是猴子。爷爷去世前，留给我一个猴子玩偶当护身符，是个伏见泥人[①]。那猴子抱着一只桃，爷爷曾说，桃子从猴子手里掉出来的时候，会有一位适合我的新娘来到我身边。”

“是个不错的故事。”

“然后啊，小 U，前天我喝得大醉回家，一看书架，桃子从猴子手里掉下来了。”

U 忍住笑，看着猴子君。他这么拐弯抹角的，真可爱。

那一夜，U 第一次被猴子君抱在怀里，像桃子一样。

---

① 日本京都市伏见稻荷神社附近出产的泥人，为日本各地泥人的始祖。

1月12日

猫

……和田诚

我与妻子，还有猫一起生活——曾经是这样。

不知什么时候起，我能听懂猫语了。当然，“我饿了”“放我出去”这种简单的意思，每个铲屎官都能听明白。但我不同，我能听懂类似“我饿了，但不想吃平时那些干干巴巴、嘎嘣嘎嘣的玩意儿，你们的炖鱼倒是不错”这类话。

有时猫也会说：“我想出去。在外面上大号比在家里舒服得不是一点儿半点儿。给我安个猫咪专用门就方便多了。”它甚至会补充：“不过最近在这一带出没的那只黑野猫品行不好，还是先算了吧。”

妻子不解猫语，我也没透露过自己可以跟猫对话。这种事说出去，只会被认为是脑子坏掉了。

妻子曾经因为她的宝贝戒指丢了，很是折腾了一番，简直是踏破铁鞋无觅处。但是猫知道。

“夫人把戒指摘下来，放在流理台边上就去洗东西了。就那会儿，戒指掉了下来，滚到缝儿里去了。我看见了的。”

我从猫说的地方把戒指夹出来，装作一通好找才找到的样子，施恩似的递给妻子。

有一天，猫说：“大事不妙了。夫人趁你上班的时候，和男人待在卧室里。一周有两三次呢。”

不会吧，我想。但想到戒指的事，这次猫说的也有可能是真的。“是个什么样的男人？”我问。猫说出那家伙的容貌和打扮，我心里便大概有数了。在我出去辛勤工作的时候，她怎么能做这种事！

我虽然生气，但又不能学奥赛罗[①]那样把妻子掐死。

“我听猫说的。”——这话就算是撕了我的嘴也说不出口。因此我准备旁敲侧击，探寻真相。我开始絮叨一些莫名其妙的话，妻子觉得我不正常，不久便厌烦起来。终于我怒发冲冠，破口大骂，妻子也恶语相向，我打了她一耳光。

妻子认定我是“家暴男”，便离家出走了。所以，现在我和猫过着“二人世界”。

顺便说一句，猫的名字叫“咪阿古”。

---

① 莎士比亚四大悲剧之一《奥赛罗》的主人公。

Wada

索尔特和佩珀

……安西水丸

那天，Q热血沸腾，不管怎么说，对手是来自南美巴西、被誉为“格斗专家”的安东尼·伦琴。Q已经四年连任“综合格斗大力神”，虽然三十大几了，却越来越有干劲。上次比赛，他一个回合就把俄罗斯好手菲多·库洛帕特金打趴在地。

今天一共十场比赛，Q和伦琴的对决在第七场。东京巨蛋座无虚席，比赛开始前十分钟，Q站在入场口。拳台主持人宣布，盛大的入场仪式即将开始。

Q站上拳台，在一片欢呼声中和伦琴怒目相视。伦琴目光如炬，他也不甘示弱。鸣锣，开战。

一开场伦琴便来势汹汹。Q稍稍后退，迂回作战，从侧面抱住了对手。倒地后刚想使用关节技[①]，Q整个身体便被甩飞，撞到了围绳上。这时，一记速度很快的重拳袭来，他两个太阳穴各吃一拳，勃然大怒。比赛进入白热化。

反应过来时,安东尼·伦琴的手在拳台上高高举起。Q出局了。他被搀扶着站起来，哭了。

Q没有参加比赛后的宴会，而是一个人去了常去的酒吧。

---

① 综合格斗技法之一。

“你知道这个吗？”

酒吧老板将两个陶制的娃娃放到 Q 面前。大大的贝壳上坐着一条人鱼，睁着一双滴溜溜的大眼睛。另一个陶偶也是如此。两个娃娃头上都有三个小孔。

“这是索尔特和佩珀[①]，也就是用来装盐和胡椒的。有不少人收藏它们呢。日本产的，用于出口，在美国那边可受欢迎了。日本气候潮湿，盐之类的放不了多久就会结晶，但像美国那种气候干燥的国家，几乎家家都用这个。”

人家正因为输了比赛心烦意乱呢，什么索尔特和佩珀，什么人鱼，什么潮湿干燥的，Q 想。但越看那两个陶偶就越觉得莫名地可爱。

“老板，这个让我拿回家送给老婆当礼物吧，毕竟输了嘛。”

老板没说话，笑了。Q 把两条人鱼放进口袋，走出了酒吧。

---

① 索尔特（salt）和佩珀（pepper），在英文中分别是盐和胡椒的意思。

mizu

Wanda

乡土人偶

……和田诚

这一带，家中世代做乡土人偶的，正是在下。您听说过吧，茶田貉子和拍球地藏菩萨。先人根据本地的传说构思制作，到我太爷那辈儿，已经是这一带的名品了。太爷传给爷爷，爷爷传给父亲，父亲又传给了我。您瞧，就是这么做的。我也有个儿子，本以为，子承父业是理所应当的事，但事与愿违。其中原委，您细听我说。

小时候，儿子还照我教的做，年纪稍大一点儿，就开始胡来，居然给拍球地藏菩萨戴了副黑框眼镜。我大为光火，这种东西谁还会买嘛。我训他，让他照着祖祖辈辈做的那样来做。他却来了句：我不爱模仿别人。我告诉他，这不是模仿，是传统。但他并不理会。

不仅如此，他还把貉子变成了猫。这就不是茶田貉子了啊！我们总是争吵不休。他总把什么“酷睿提为替”啦“爱丹替”啦挂在嘴边[①]，“替”啊“替”地讲些英语，完全不知道在说什么。

我越来越火大，对他吼：“给我滚！”然后啊诸位，我儿子还真就走了，从此行踪不明。老婆天天以泪洗面，我也因为失去了继承人而一筹莫展。就这样过了几年，国外寄来一封信，打开

---

① “酷睿提为替”“爱丹替”应是英文“creativity（创造性）”和“identity（个性）”的谐音。

一看，是儿子寄来的。

“父亲，母亲，请原谅我如此不孝。”

——多么动听的开头，我都快哭了。

“离家后我去了东京，一边打工一边读设计学校，攒了些钱，来到了美国。我在这边找了份工作，过得很好。”

——这倒是不错。

“我在旧金山学了人偶制作。美国自然有美国的做法，但与从父亲那儿学的乡土人偶的制作方法结合后，效果相当不错，还有人愿意给我投资。日本人手巧的优势也发挥出来了。我现在在好莱坞。爸爸妈妈，你们知道卓别林和玛丽莲·梦露吗？”

——看不起谁，我虽上了年纪，这些还是知道的。再怎么说家里也有电视啊。

“现在我做的卓别林和玛丽莲·梦露的人偶在好莱坞的纪念品店里售卖。大受好评，非常畅销。多亏了父亲从前的教诲。我会再写信的。良太。”

——哦哟哦哟，说得那么好听，不就是把茶田貉子变成了卓别林，把拍球地藏菩萨变成了玛丽莲·梦露嘛。

MIZU

招福泥人

……安西水丸

长得真丑。A 想。

进入二十一世纪以来，这还是 A 第一次来到京都北野天满宫的跳蚤市场。

“这个多少钱？”A 指着一个怪异脸孔的招福泥人问道。

“长得不错吧，一万五千日元。”

“我打算开店做买卖，想把它当吉祥物摆在店里。一万行不行？”

“客官您有所不知，这泥人是冈山的久米做的，已经绝版了。您看，底下写着‘岸川’这个名字，岸川先生去世后，他太太继承了手艺，但是现在他太太也去世了。”

听到店家啰里啰嗦的解释，A 露出不耐烦的神色。

“客官，您要做什么买卖啊？”

“开个小饭馆，三月开业。”

“在这儿吗？”

“不，在东京。”

A 开始觉得招福泥人那张乍看下丑陋的脸，莫名地变得和蔼可亲起来。

“东京啊，那好吧，就一万日元吧。当是我的贺礼。客官，我们偶尔也会去东京的市场摆摊，到时去您店里拜访。”

“好，到时我也给您特别优惠。”

餐馆即将在春天开业，但A还没想好名字。三十五岁辞去白领的工作，在大阪、京都各学艺三年。店面也陆陆续续看过不少，总算在JR线代代木车站附近选定了这家。这儿原本是朋友父亲开的快餐店，主要面向补习班的学生。A把它改建成小餐厅的风格。

回东京的电车上，A脑海里突然有个东西一闪而过。他把包从行李架上拿下来，取出还套着塑料袋的招福泥人。一闪而过的，是他的店名——

“福助”[1]。

虽然不起眼，A还是决定，店名就用它了。

“但你就是长得很丑啊。算了，就这样吧，要帮我招来客人哦。”

A摸着招福泥人的头，轻声说。

车窗外，春意渐浓，景色无边。

---

①“招福”在日语中写作“福助”。

MIZU

贝壳

……和田诚

小学三年级的暑假，樱子的同学和家人去海边旅行回来，送给她一只樱贝："这个送给你，和你的名字一样呢。"她把那只贝壳托在掌心，凝视了许久，自此便彻底沦为贝壳的俘虏。

初中时，樱子曾在图书室无意间翻开一本画册，书中大大的贝壳上站着一位美丽的裸女，让人深感震撼。是波提切利的《维纳斯的诞生》。她想，如此美丽的人，竟是从贝壳中诞生的，真了不起。

高中时，一本书引用了让·谷克多那句"我的耳朵宛如贝壳，思念着大海的涛声"。这仿佛就是为我写的——樱子呢喃道。

大学时，社团的前辈给她听一张名为《贝壳》的CD，是佩吉·李唱的，还用英文吟诵着一首中国古诗。她陶醉了，愈发喜欢起贝壳来。

又过了几年，三郎叽里咕噜地闯入樱子的生活，在她的公寓里开始了同居生活。对房间里装饰的贝壳收藏，三郎没有表现出丝毫的兴趣，她虽有些不满，但毕竟人各有所好，也没多介怀。

一天早上，樱子高兴地和三郎说："刚刚我突然发现，我的名字按旧式写法，里面有两个'贝'字呢。你知道吗？"

"我当然知道了。'惦记着二楼的女人'嘛。"三郎答道。

“瞎说什么呢，真低俗。”

“两个‘贝’、一个‘女’，再加个木字旁嘛。[1]我就是这样才记住这个难写的汉字的。”

“我的名字都被你玷污了。”

樱子很不愉快，心想，两人的喜好也相差太多了。

一天晚上，在卧室里，三郎说：“我今天问了一个对生物很有研究的朋友，贝类摄取食物的部位和排泄的部位是挨着的。拿你打个比方，它们的肛门就长在这儿。”他戳了戳樱子的下巴。

樱子一把拨开三郎的手，大声说道：“混蛋！净胡说八道！”

她觉得自己和贝壳都被侮辱了。

三郎满不在乎——“贝类天生如此嘛，有什么办法？如果人生来如此，也是没法子的事。你若是天生长这个样子，我也一样啊。我的肛门也会长在这儿。但我喜欢你这一点，还是不会变的。”

刚刚那一瞬间，我都决定要分手了，还好没有说出口。樱子想。

---

① 日语中，“樱”字中的两个“贝”字与“二楼”谐音，木字旁与“惦记”谐音。

Wander

MIZU

旅行纪念品

……安西水丸

二十岁那年的冬天，J 来到纽约。好不容易考上美术院校，却又退学远赴美国，无论坐飞机还是出国，都是他人生中的第一次。

飞机在暴风雪中降落在肯尼迪国际机场。在旅行咨询处的帮助下，J 总算入住了曼哈顿四十三街第八大道的一家酒店。房间很旧，极脏，浴室是公用的。走廊里散落着破破烂烂的旧报纸。

酒店离时代广场很近，当时，这一带被称作“脏街”，一到日落时分，附近就会有妓女出来站街。

J 必须工作。他找了一份情趣商店店员的活儿。其实是无意间看到店铺的招聘广告，进去一问，立即就录用了。

情趣商店的工作很不堪。要看管店内的色情杂志，以防被偷。店里还有录像厅，投四个二十五美分的硬币就能看一部色情录像。有时还要敞开无人的录像厅，喷空气清新剂，厅内四散着男人们手淫用过的脏卫生纸。

得找份更体面的工作才行。尽管 J 总这样想，却不知不觉在这儿干了两年多。做收银员后，周薪也涨了不少。这份起初让人难为情的工作，也令他体会到了观察各色人等的乐趣。

在纽约的第三个春天到来时，J 打算环游欧洲后回国。J 从小喜欢画画，对他来说，既然出了国，当然要去一趟巴黎。他一直怀抱着这个念头。之所以长居美国，理由只有一个——他只懂英语。

哈德逊河畔杏花烂漫时，J 踏上了环游欧洲再回国的旅程。在伦敦停留了五天，来到向往已久的巴黎时，四月已接近尾声。飞机以降落的姿势向奥利机场下落，J 的脑海中闪现出巴黎画派[1]的画家们，他喃喃自语着——莫迪利亚尼、苏丁、基斯林……

清晨，踏上从机场去市区的路。春日的朝霞中，能远远地望见埃菲尔铁塔。

"总算来了。"

J 按捺着心中澎湃，若无其事地将手伸进衣兜，里面装着飞机上空乘递到他手上的纪念品——埃菲尔铁塔的钥匙扣。

① 泛指二十世纪初到第二次世界大战期间，活跃于巴黎的所有画家。

MIZU

PARIS

铁皮玩具

……和田诚

我喜欢铁皮玩具。在国外旅行时，一经过古董店，总会进去找找有没有铁皮玩具。遇见有趣的玩意儿，只要不是贵得吓人，都会掏钱。猴子、小丑、火车、飞船……各式各样收集了不少。

这些收藏里，有两件深得我心。一件是在纽约买的，站在奇怪的二轮车上，一个中年妇人举着旗子。可以上弦，但发条似乎坏了，动不了。还有一件是在旧金山淘的，是个乘宇宙飞船的年轻女孩。

最近，我在卧室里做了个小架子，把这两件玩具摆在一起。想伴着心头好入眠，这算是单身男人的一点点乐趣吧。然而，夜里有什么动静将我惊醒。本以为是梦，但醒来后声音仍在继续。中年妇人说："你的座驾不错啊。"年轻女孩回敬："你的更炫酷。"——原来是二轮车妇人和飞船少女在聊天。

"你最远去过哪儿？"

"月球，接下来要去火星。"

"好棒啊。我最远才到过佐治亚州。"

"和你恰恰相反，我对自己的国家倒是不太了解。骑二轮车旅行，感觉如何？"

"可以悠闲地赏赏花，听听鸟鸣，在原野上吃便当……"

“和这一比，宇宙餐饮就索然无味了。不过从月球上看，地球很美。”

这样的对话绵延不绝，夜复一夜，安稳觉是睡不成了。我因严重睡眠不足，在公司被上司呵斥：“别打盹儿！”

我心生一计，买回一个战国武士的塑料人偶——武田信玄，睡觉前把他放在两个女人中间。那晚睡得很是香甜。想是因为挨着一位凶神恶煞的武士，女士们心生畏惧，便默不作声了。

但第二天晚上，我就跳起脚来了——信玄在高声演讲！

“上杉谦信举刀砍过来了，单枪匹马冲锋陷阵，虽是敌人，也值得叫声好。不过，想杀我，他还太嫩。我用军扇‘当’一声便挡住了，额头受了点伤，算不了什么，擦破点皮而已。我信玄会为这么点事儿畏缩吗？哇——哈哈哈！”

好不容易想出个主意，却事与愿违。这个人偶还是送给外甥吧。听女人聊天总好过听大叔乱嚷嚷。最重要的是，塑料玩具总归不合口味啊。

Wenda

怪兽人偶

……安西水丸

T 的记忆中，加入棒球社是初中二年级第二学期刚开学时的事儿。

T 是转校生，由于父亲工作的关系，生在俄罗斯，长在俄罗斯。幸亏父母都是日本人，总算还会说日语，但棒球这类运动基本从没接触过。T 加入棒球社的契机，就像棒球漫画的开篇情节一般。

放学后，T 准备回家，棒球社正在操场训练，他便心不在焉地看了一会儿。一只球滚到了脚边，他捡起球，看到投手区里投手模样的学生“嘭嘭”地敲了敲手套，朝他举起双手。T 心想，这是让他把球扔回去，便朝着土墩上的学生，投了过去。

这个回传球改变了他的生活。球越过投手，又越过了外野手的头顶，骨碌碌地滚到了外野。防守外野的队长山崎大为震惊。这件事很快便传到了教练耳朵里。

“居然有臂力那么强的人吗？什么？还是俄罗斯来的转校生？”

几天后，T 被班主任叫到教练那里，莫名其妙就进了棒球社。总之，他对棒球是一窍不通，位置名称倒还大致明白，其余也就能听懂“出局”和“安全上垒”而已。

T 在棒球社的生活开始了，规则也一点一点地记下来。他本来就不讨厌运动，队友们也都是不错的家伙。

T 的位置是接球手。第二年夏天 S 县的比赛上，他名声大震。凭借强大的臂力，他把大多数跑垒手钉在了一垒。虽在四分之一决赛中败北，但这已然是棒球社成立以来的最好成绩了。T 在二垒触杀了许多跑垒手，还打出了三记本垒打。

因此，他得了个外号——“古隆哥古拉乌塞斯”，是当时热播的动画片里怪兽的名字。这怪兽平时沉稳，就是爱吃甜食，吃不到就释放怪力，大肆胡闹，是个“鬼见愁”。即便如此，它仍然很受孩子们的欢迎。

“给它点心啊！扔些巧克力嘛！”

T 站在击球区时，总能听到这些起哄的玩笑话。

高二那年夏天，T 学校的棒球队第一次代表 S 县，征战甲子园。

“古隆哥古拉乌塞斯会暴走甲子园吗”——报纸上出现了这样的大标题。

Wada

鸟囮子

……和田诚

我是鸟囮子。知道什么是鸟囮子吧，就是木头做的鸟，当诱饵用的。虽然现在大多被当作摆件，但最初做这东西的目的是诱捕鸟儿来着。猎人将鸟囮子放在岸边,水鸟看见了会以为是同伴，靠近后就被猎人“砰”的一下，一枪毙命。

总之，作为诱饵，我协助主人打到了数目可观的鸭子。

一个星期日的清晨，主人像往常一样，扛着猎枪，胳膊下夹着我，来到那片熟悉的沼泽地，把我放在岸边，一切和往常没什么两样。

那天风很大。岸边的芦苇沙沙地摇曳。池沼内，水波荡漾。风从背后吹来，将我掀到了水里。

也不知道主人发现没有。眨眼间，他的身形已经渐行渐远，不久就望不到了。

我就这么漂着，突然大惊失色——一群鸭子出现了。

领头的鸭子游过来，开口道:“真是碍眼的家伙。你是鸟囮子吧。”

“算是吧。”我答道。

“你小子骗了我们不少同伴啊。”

“这并非我本意啊。鸟囮子生来就是干这个的。”

“别找理由。我要给你绑上石头沉到水底去。”

“饶我一命吧。”

“饶了你也行，但有个条件，你要跟我们一伙儿。”

“好的。我也是鸟的一种嘛，咱们一伙儿吧。”

就这样，我加入了鸭子的阵营。

又是一个星期日的清晨，领头鸭说：“有人来了，你到前面去。”

“到前面去？”

“对啊，你不是鸟囮子嘛，那就像个鸟囮子的样子，去当诱饵。”

风吹过来了。和上周风向相反，把我吹向岸边。芦苇丛边晃忽间有人影——那不是主人嘛！

主人的枪响了。我是木头做的，不会死，也不会痛，尽管脑袋已经被风吹走了。

Wader

MIZU

灯塔

……安西水丸

下了公交车，便是一条两侧开满油菜花的蜿蜒小路。

Y 照着手绘的地图，沿小路走着。风很凉，但油菜花仍迸发出春天的气息，大海泛出宝石蓝的颜色。

昭夫在房总半岛最南端的城市开工作室，已经几个月了。与他相识，是在 Y 工作的百货商场的仓库里。昭夫就职于商场旗下的模特制作公司，他把年末展览要用的模特一个一个摆在水泥地上，从肩头到指尖，逐一细细检查。他穿着磨破的牛仔裤，大冬天也还是一件 T 恤，头上围着毛巾。

“您辛苦了，今年的模特真精致呢。”

Y 刚说完，昭夫“啊”了一声，手指碰了碰她的肩——Y 的制服上沾着包裹模特的塑料泡沫的碎末。Y 觉得，昭夫的眼睛很漂亮。

这之后，由于工作的关系，Y 又和昭夫打过几次交道。原来他是个雕刻家，但仅靠雕刻无法糊口，便在熟人的模特制作公司帮忙。她感到自己有点动心了。

一年过去了。从昭夫的邮件中 Y 得知，新年伊始，他便辞了工作，在房总半岛最南端开了一间工作室。

昭夫的工作室很简陋。屋顶是铁皮的，四周的荒地上，长着密密麻麻的香蒲草。Y 绕到正面，昭夫笑盈盈地站在那里。

最先映入眼帘的，是架子上排已经上好色的小灯塔。

“我是做着玩的，但有人把它们推荐给了纪念品店，很畅销呢。”

原来昭夫开了工作室，还兼职做灯塔摆件啊。

“在英国西南部的康沃尔郡，有个叫圣艾夫斯的地方。一位叫阿尔弗雷德·沃利斯的画家，年过七旬不再做船员后，他才开始画画。我就是看了他画的灯塔，才开始做这些的。”

昭夫取出阿尔弗雷德的画册。画的大多是波涛汹涌的大海、船，还有灯塔。Y 一页页地翻着，昭夫的手覆在她的手上。男人的手指意外地漂亮。

Y 的耳畔，一切声音都消失了。她脑海中只有摆在工作室陈列架上的小灯塔。

MIZU

Wada

水果

……和田诚

梦里，我是亚当。

夏娃是我一直爱慕的女演员 A（特隐去姓名）。

当然，两人是全裸的。在爱慕的人面前赤身裸体，虽然害羞，但可以每天看着 A 的裸体度日，这份喜悦足以让我忘记羞耻。

按照《圣经》的记载，蛇也会登场。蛇是隔壁的老头儿。

蛇并非一开始就是现在这副模样。他让亚当和夏娃吃了禁果，神才惩罚他，变得丑陋不堪。在这之前，他是很普通的。

“普通”其实是个含糊的说法。不能认为是普通“人”的样子，毕竟那时，只有亚当和夏娃才是“人”。因此，蛇在成为现在的模样之前，到底是什么样子，不得而知。

先不管这些了。总之，梦中的蛇就是隔壁的老头儿。

这老头儿在现实中也是个讨人厌的家伙。说我女儿弹钢琴声音太吵，他大喊大叫的；说我家猫在他院子里撒了尿，又大喊大叫；说给我家送快递的车停到了他家门口，还是大喊大叫。

在梦里，这家伙当了蛇，对 A 说：“吃果子吧。”——是禁果。

禁果多被画成苹果，但《圣经》中并没有特别写明，只说是树上结的果实。

梦中的果子也不是很清晰，看起来既像苹果又像柿子。

A 在犹豫到底要不要吃果子。我必须阻止 A。惹怒神明就麻烦了。更重要的是，吃了果子，她一定不喜欢现在赤裸的样子，我的乐趣也会减半。

等等——我转念一想，A 穿洋装穿和服都很漂亮，泳装也是妙不可言。若用无花果叶稍加遮挡，也许会更加性感。而且让隔壁老头儿实实在在变成蛇的模样，反而是吃掉果子方为上策。

我率先吃了果子，A 也吃了。就在这时，老头儿哧溜哧溜地变成蛇。

“活该！”我说。

正在变身成蛇的老头儿怒吼道：“你们家的涩柿子掉到我院子里来啦。真烦人！赶紧处理掉！”

我被这喊声吵醒，原来真的是隔壁老头儿在大喊大叫。

Wada

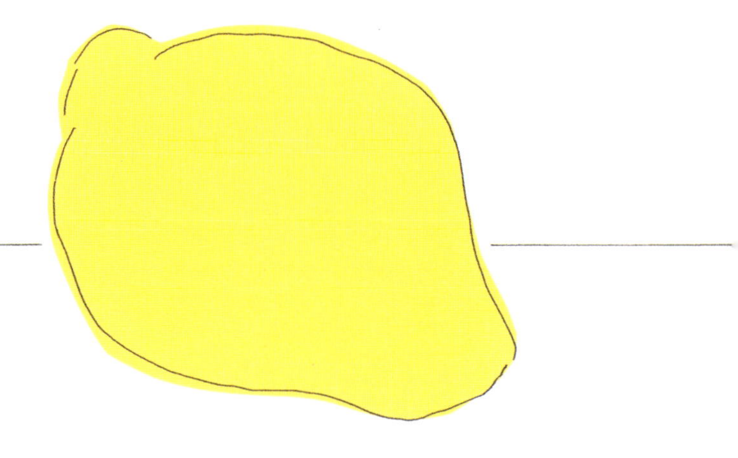

圣诞商品

……安西水丸

圣诞节临近，科德角连日降雪。

O 已经在这里生活了三年多。科德角在日本叫“鳕鱼角”，不是很好听。他居住的普罗温斯敦，位于鱼钩状弯曲的海角的顶端。

因为摄影 O 来到纽约，去科德角原本只是想旅行，没想到竟为之深深着迷，并就此定居。现在他一边摄影，一边在一家面向游客的纪念品店工作，和室友艾德一起生活。

艾德是同性恋，在海角一家面朝大海的餐厅工作。O 去过他店里几次，两人逐渐亲近起来，彼此还不够了解就开始了合租生活。得知艾德是同性恋时，O 有点惊讶，但现在已经完全习惯了。艾德说话很风趣，当然这与他的性取向无关。对他而言，只要艾德不全裸着在屋子里走来走去，作为室友，还真是没得挑。

“明天开始，我要穿驯鹿的人偶服在店里服务。”夜晚，艾德神色愉悦地说。

那时距平安夜还有两天，之后他又补充道，一直以来自己都很崇拜驯鹿。

“崇拜驯鹿？”

“是驯鹿拉着圣诞老人的雪橇，飞驰过平安夜的夜空啊。那身肌肉，还有勇猛强悍的鹿角，多棒啊！”

O 不是很能理解，但看着艾德欣喜的表情，也不想泼冷水。

平安夜那天，依旧是从早上就下起了雪。O 的店只在上午营业，他从店里的圣诞商品中，买了一个拉着雪橇的驯鹿玩偶。当然，雪橇上坐着圣诞老人。这是送给艾德的礼物。

O 沿着城里主干道那条商业街，急匆匆地踏上了回家的路。龙角灯塔和木底灯塔在大雪纷飞中渐渐模糊[1]，只有灯塔周围闪着粗粝的光，像反复放过很多次的录影带影像。

回到公寓，桌子上摆着一棵小小的圣诞树。

作为圣诞老人的搭档，驯鹿很忙的。

今夜，艾德会和谁一起度过呢。O 站在窗边，看着海角纷纷落下的雪。

---

① 龙角灯塔（Long Point Light）和木底灯塔（Wood End Light）均位于普罗温斯敦港口。

Wanda

爵士人偶

……和田诚

著名爵士小号手 G.P. 沙利文在为他的五重奏乐团招募女主唱。听到这个消息，大原照美来到休斯顿的试音间。

“你叫什么名字？”G.P. 问。在爵士界“大咖”面前，照美有些紧张。她随口说出一个英文名——“Terry Ohara”[1]。

“你要唱什么呢，Terry？”

“*But Beautiful*。”

“什么调？”

“C。”

演唱开始。乐团的伴奏犹如天鹅绒般包裹着照美，紧张也立刻缓解了。

她唱完，G.P. 开口道：“棒极了。简直和南希・威尔逊一样。再来一首怎么样？”

“Yes。”一落声，照美便唱了 *Tenderly*。感觉不错。五重奏仿佛大海，而她宛如小舟。海面时而波涛汹涌，时而柔波荡漾，将小舟从一个港湾摇到另一个港湾。

“太棒了。我还以为眼前站的是莎拉・沃恩呢。你让我想起

---

①“Terry Ohara”与“大原照美”的日文发音近似。

了与她的合作。”G.P. 说着看向钢琴师，钢琴师点点头。

照美大胆地说：“我可以再唱一首吗？”

“可以啊，来吧。”

照美唱出她最拿手的那首 *Lover Man*。

一曲终了，五个人都鼓起了掌。能让整个乐队鼓掌，照美是第一个。G.P. 满面笑容地称赞：“就算说是比莉·哈乐黛再世，也没人会怀疑吧。”

“太好了！”照美在心中呐喊。这下肯定通过试音了。

G.P. 接着说：“很了不起，Terry。你让我们完全放松下来了。好了，show time 差不多到此结束吧。接下来让我们听听你自己的歌？”

“……”

照美鞠了一躬，忍着轻微的目眩，走出试音间。G.P. 在她身后询问：“Terry，你怎么了？”

Wada

仙人掌

……安西水丸

那天，S 老师讲起仙人掌来。

“把仙人掌引入日本的是织田信长，你们知道吗？”

高二新学期的第一堂课，S 老师以园艺课老师的身份出现在佳纯的班级，然后不紧不慢地讲起仙人掌和织田信长的渊源来。

“信长憎恶民间的宗教势力，竭力压制，却又对基督教表现出相当程度的理解，原因就在于此，仙人掌是基督教的传教士带来日本的。”

佳纯将信将疑，仔细听着 S 老师的话。

“下面请问大家，为什么信长会注意到仙人掌呢？”

S 老师示意坐在第三排最右侧的女生回答，她是班里的头号美女。老师也注意到了啊，佳纯暗想。

“是因为它开出的花很漂亮？”

“嗯……可能也有这个原因吧，但是不对哦。其他同学呢？”

S 老师环顾班内，但没有一个学生想要发言。

“那么我来公布正确答案——因为仙人掌作为武器也大有用处。信长建了一座秘密农场，培育了很多仙人掌。他让间谍，也就是忍者把仙人掌撒在敌军进攻的必经之路上。仙人掌的名字大多颇具威严，不仅仅是因为身上的刺，还因为它曾是信长军团的武器。”

S 老师在黑板上写下了各种仙人掌的日本名字:“辩庆柱”“大型宝剑”“岩石狮子”“金琥”“精巧殿”“兜丸”。

的确有很多名字挺威风的。佳纯呆呆地望着黑板。

几天后，佳纯向对植物颇有研究表哥伸夫，提起了 S 老师的“仙人掌说”。

“哎,佳纯,你们被耍了啊。不过这老师倒是挺有趣的。我听说，日本对仙人掌的最早记载，是在贝原益轩的著作里。那本书确实是在十六世纪末问世的。之所以叫仙人掌，是因为从它的茎部可以采到油。Sabao，简单来说就是肥皂。好像是因此得名的。[1]”

佳纯觉得,比起伸夫的说法,S 老师的“仙人掌说”有趣多了。

---

① 仙人掌在日语中为“saboten”; 其中“sabo”音似葡语中的“sabao”，指肥皂。

mizu

Wada

茶壶

……和田诚

还是小学生时，奶奶给我讲过一个故事。

“咱家隔壁那栋公寓的位置，曾经是座非常气派的洋楼。据说里面住着一家英国人，在我像你这么大的时候荒废了，附近的人都叫它‘鬼屋’。

“一个周日的午后，我在自家院子里玩球，一不小心球滚到隔壁去了。我追着球，从灌木篱笆的缝隙钻进隔壁院子，东张西望地找球时，听到一声‘Hello’。我毛骨悚然——这可是鬼屋里传出的声音啊。

“我战战兢兢地转过头去，一位外国老奶奶正在向我招手。她很有气质，神色温柔，笑眯眯的。于是，我忘记恐惧，走了过去。

“‘请进屋吧。’老奶奶用日语说，说得还不错呢。我进去一看，屋内整洁有序，和外面完全不同嘛。老奶奶轻声说稍等，我便老老实实地坐在沙发上。她将一套红茶茶具和曲奇饼干用托盘端了出来，一边把红茶从漂亮的茶壶倒进杯中，一边告诉我，英国人经常在这个时间喝茶。

“老奶奶还叫我有空的时候再去玩。所以每到周日午后，我便钻进篱笆到隔壁去。老奶奶为人亲切，红茶和曲奇很美味，茶壶更是精美漂亮，我很想多看几眼。

“每次去做客，老奶奶都会吟诵英文短诗，再用日语为我解释诗的意思。长大后才知道，那是《鹅妈妈童谣》。

“有一天，老奶奶见我目不转睛地盯着茶壶，便问：‘你喜欢这个吗？喜欢就拿回去吧。’她把茶壶洗干净放在了我手上。我高兴地带回家，藏了起来。因为父母一再嘱咐我不能靠近鬼屋，周日发生的事我一直守口如瓶。

“又过了一周，隔壁的房子开始拆迁。我大吃一惊。这是怎么了？老奶奶呢？听到我这样问，妈妈笑了：‘你这孩子说什么呢？那个老奶奶十年前就回英国了，隔壁不是一直空着嘛。’难道我见到的是鬼？不可能啊，茶壶还好好地待在那里呢。你看，就是这个。很可爱吧。和大家说再见之前，我会提前写清楚，以后这个茶壶归你。”

所以，茶壶现在归我所有。你看，就是这个。

万圣节前夜

……安西水丸

红叶林中，耸立着巨大的花岗岩石山。

“红得正好呢。”在“天梯”缆车里，C 对 Sam 说起红叶来。

石山从茂密的森林中突出来，这是世界上最大的花岗岩。半山腰有南北战争中南部联盟三位英雄的浮雕——南部联盟的总统杰斐逊·戴维斯、罗伯特·李将军和托马斯·杰克逊将军。

“好期待啊。”

“想撒点儿野。”

C 和 Sam 都很期待明天，万圣节前夜。特别是 Sam，他第一次在美国过万圣节前夜，简直喜形于色。Sam 的日文名是“Yamaguchi Osamu”。因为名字中有“Osamu”，在美国，人们都叫他“Sam”。C 生于中国，长在美国，现在读高中，和在亚特兰大经营中餐馆的叔叔一起生活。Sam 的父亲由于工作关系搬到亚特兰大,因此今年一月 Sam 来到美国。没想到阴差阳错，父亲回国了，他和母亲倒是留下了来，两个人一起生活。Sam 和 C 是同班同学。

万圣节前夜是基督教万圣节前一天夜里的庆祝活动，年轻人和小孩子会在家里把南瓜挖空做成灯笼，小孩更是要乔装打扮上街去要糖果吃。苏格兰人相信，万圣节前夜的庆典可将游荡人间的恶灵变成动物驱逐出去。总之，是个热闹喧嚣的夜晚。

这天晚上，C 化装成海盗。他偷戴着印有骷髅标志的帽子，一只眼蒙上眼罩，右手伸出一个鱼钩似的钩子。Sam 戴一顶尖尖的黑色魔法帽，披着黑斗篷。两人一边怪叫，一边挨家挨户地敲门。

初中曾参加过田径社团的 Sam 轻巧地翻过围墙。

“那家没开灯，我们去把他们敲起来。”

Sam 咧开嘴笑着跑了出去。这是他留给 C 最后的画面。

漆黑的庭院里传来微弱的枪声。

“日籍少年枪杀案”几个字赫然出现在次日的报纸上。几年后，邻近的城市发生了极其相似的事件。

mizu

Wada

啤酒杯

……和田诚

新年假期，我参加了“德国—奥地利超低价五日游”。这是一趟“朴素之旅”，住的都是低价酒店，吃的也净是便宜餐馆。买东西倒是可以奢侈点儿，但终归是朴素，我只带回一件纪念品——带盖子的旧啤酒杯，是在维也纳的青空市场讨价还价才买下的。啤酒杯的盖子和把手是金属材质的，杯身是陶的，上面还有漂亮的画。

一入夏，我便想用这只杯子喝啤酒。本想先洗洗杯子内壁，把手伸进去，居然摸到一个什么东西，在杯壁上贴得严丝合缝，一直没被发现。我抽出来一看，是一个小小的信封，贴着印有希特勒画像的邮票。这样看来，无疑是纳粹德国吞并奥地利时期的信件。

我勉强看出来收件人叫“奥托·温克尔”，但寄件人的名字写得龙飞凤舞，认不太清，内容也一样。毕竟我也不懂德文。

我拜访一位德文系毕业的朋友，请他读了信。内容如下：

“我虽身为军人，但痛恨法西斯，痛恨蹂躏祖国的小胡子男人。我发誓要守护我的家人，不让他们被这个男人所伤。我已下定决心，秘密出国。再见了，奥托。你永远的朋友，格奥尔格·冯·特拉普。”

“冯·特拉普！”我不禁大声叫了出来。这不是《音乐之声》里和女主角玛丽亚结婚的那位上校吗？众所周知，那部音乐剧是根据真实故事改编的。故事的最后，一家人翻过边境的高山，逃离了纳粹。这是他在逃亡前一天寄给好朋友的告别信！一方面担心这么一封信被德方发现会招致祸端，另一方面又不忍烧毁，因此奥托才把它藏在啤酒杯里。

朋友说他不知道这部音乐剧，我便细细地讲与他听。他从鼻子里哼了一声，说想再仔细读一读，让我把信借给他两三天。

留下信，我回了家，脸上不觉挂着收不住的笑意。这可是重大发现，拿去拍卖会卖出怎样的高价啊。不，卖掉太可惜了。但要通知媒体吧？不知会有多少来自世界各地的媒体想采访我呢？

次日，朋友打来电话：“这封信的日期是一九四五年四月三十日。”“那又怎样？”我问。他继续说：“那是希特勒自杀的日子。这个时候特拉普已经没有逃跑的必要了。最重要的是，这天之前，他早已踏上逃亡路了。也就是说，这封信是假的，用来捉弄像你这样的游客。”

原来如此。果然，天上是不会掉馅饼的。

Wada

MIZU

小盒子

……安西水丸

M 的父母在她三岁时死于交通事故。

养育 M 的是母亲的妹妹，也就是姨妈，名叫时子。如今 M 二十一岁了，姨妈仍是独身，在 JR 中野站附近的小巷里开一家小酒馆。酒馆虽没什么名气，但还是有一批老主顾，似乎很适合那些坐中央线回家的上班族进来歇歇脚喘口气，总算能维持经营。

M 读“短大”[①] 时就在姨妈的酒馆帮忙，毕业后几乎每天都在店里。小酒馆名叫“Hako”，好像是取“盒子”的意思。[②]

“本来就是一家盒子似的店面嘛，就是英语‘box’的意思。”

一被问起店名，时子总会这样回答。也许是因为她性格开朗，许多客人来了一次，便成了常客。冲着年轻的 M 来 Hako 酒馆的客人也不少。

“M 这孩子啊，是我的外甥女。还很小的时候，父母就因车祸去世了，三岁起就由我抚养，对我来说，可是很宝贝的女儿呢，可爱吧。不经我允许可不能对她胡来哦。”

客人中有一位老人，大家叫他“荞麦面条君”。谁也不知道他的真名是什么，总之，人们都这样称呼他。他似乎靠在 JR 高

① 短期大学，一般学制两到三年。

② 日文中的“hako”汉字写作“箱”，有盒子、箱子的意思。

圆寺站附近的荞麦面店做手打面条谋生，“荞麦面条君”的绰号也由此而来。老人高高瘦瘦的，看上去像个哲学家。

M 至今仍默默惦念着这位总是独自出现，孜孜不倦地打面条度日的老人。

荞麦面条君每次来到吧台，点一杯威士忌加冰后，都会撕下准备扔掉的旧杂志卷首插图页，开始静静地折纸，总是折些小盒子。

“这折纸啊，像这样折起来时，折痕是很重要的，要整整齐齐的。要是折不好，出来的东西也会软塌塌的。”

M 认为荞麦面条君对折痕的讲究，也是他做手打面条的奥义。

“小 M，我今天折得不错哦。”

他像往常一样，把折好的盒子放在吧台上，走出了酒馆。

自此以后，荞麦面条君音信全无。他折的十一个盒子，M 珍藏至今。

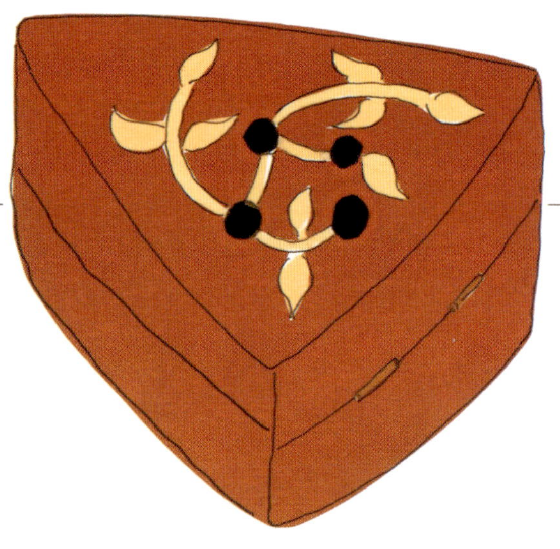

mizu

存钱罐

……和田诚

时隔多年，姐姐昭子来信了。说是姐姐，实际我们是双胞胎，长幼意识很淡薄。我不叫她姐姐，而是“小昭”；她则叫我“小和”，因为我的名字是和子。由于是昭和年代生人，爸爸便随性地取名“昭子”“和子”。信上说，姐夫辞去工作开始创业，两人决定搬到年轻时就很向往的城市米兰，经济不太宽裕，再回日本的可能性极低。分别前想再见一面，也有些话要对我说。

我们姐妹容貌相似，行为和爱好也极其相近，喜欢同一类型的音乐，会为同一部少女小说流泪，还曾爱上过同一个男人。不知为何，他选择了小昭。明明是一模一样的两个人啊。婚后，也许小昭担心我虽放了手却仍不甘心，主动疏远了，姐妹间的联络也渐渐少了。

读了信，我立刻起身去小昭在东京的公寓。我们喝茶闲聊几句后，她握住了我的手，切入正题：“有件事我必须要向你道歉。”

“这是哪里的话，都过去了。我也有了家庭，早就不要紧了。”我笑着说。

小昭打断我：“不是这个，是存钱罐的事。”

我怔住了。

那是初中的事了。爸爸到国外出差，带回一个很可爱的陶制存钱罐。通常，他会买两个一模一样的分别送给我们，那次却说："这东西只有一个，你们一起用吧。"——让两个孩子共用一只存钱罐，这随意劲儿还真像爸爸的一贯作风。

这种存钱罐要打破才能取出钱。我们俩约定，存满前不能打破，随后每人往里面放了一百日元。三年后，存钱罐满了。我们打破罐子，将钱平分。两人分头购物，却还是买了同一张黑胶唱片。

"其实，"小昭说，"一开始，我们不是都往里面放了一百日元吗。那之后，我再没放过一分钱。都是小和存的。我一直一直想坦白，直到今天才说出口。实在抱歉。"

我虽吃惊，但还是说："没关系。都是陈年往事了。"

返程的火车上，我暗想：原以为把存钱罐存满的是小昭，现在看来，一定是妈妈瞒着我们一点一点地往里存钱。

我们这对双胞胎未免也太相像了吧！连只存过最初的一百日元都一模一样。然而，小昭一直为这件事过意不去，我却窃喜占到了便宜；她选择说出实情，我却佯装不知。这是我们本质上的不同。我第一次意识到，原来，那个男人是看穿了这一点。

要不要原路返回，把实话说出来？

哎，还是算了吧。毕竟，双胞胎也不需要一模一样。

Wada

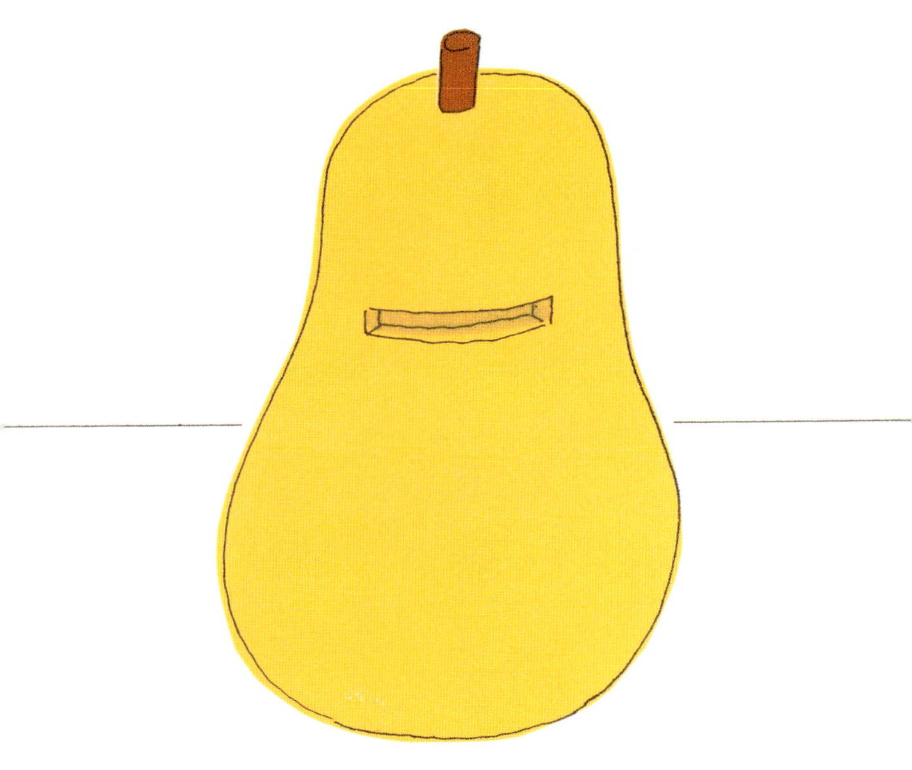

MIZU

狗

……安西水丸

开始涨潮了。岸边，半六爷爷把装着鲍鱼的竹篮提了上来。竹篮大概深四十厘米，有一张榻榻米那么大。把从海女那里买来的鲍鱼装入大大的竹篮中，泡在海里，直到买家上门，为了不被冲走，还会在上面压些石头之类的重物——这就是半六爷爷的工作。

N 站在浅滩上，看着黏在半六爷爷身旁的狗。狗的毛色像烤焦的面包，时不时停下动作，看向 N。潮水退了，N 躲到离岸边大约十米的礁石后面。她怕狗。

那是五岁那年的事了。N 和姐姐到附近散步。N 家这对亲姐妹，足足相差十岁。走到一家很大的农户前，突然蹿出来一条黑狗，咬住姐姐的腿。等主人听到惨叫声出来，姐姐的腿肚子已经流血了。

回到家时，N 瑟瑟发抖。因为姐姐白皙的腿上沾着黑洞洞的血。

被狗咬了，血会变黑。N 一直深信血是红色的，在那之后，便很怕狗。如今，她已经是小学一年级的学生了。

半六爷爷终于牵着狗回去了。N 却还待在藏身的礁石上。潮水涨了上来，冲刷着石头，海浪毫不留情地向她扑来。N 还不会游泳，除了哭，别无他法。

三位海女结束了工作，提着木桶回来了。

“怎么了？”一名海女问。

N 抽抽嗒嗒地哭着，说出自己因为怕狗而被困住的事。三人齐声大笑。见此情形，她羞愤难当，哭得更大声了。

这次“海边狗狗事件”发生南房总半岛，N 在那里度过了整个少年时期，这是她始终无法忘怀的一件事。

念大学后，N 仍经常在这里过夏天。当年把在礁石上哭泣的 N 背起来游到岸边的，是三名海女中最年轻的加代阿姨。

“都长这么大了呀，在礁石上哭的那会儿真是可爱啊。”

每次在镇上遇到加代阿姨，她都会这么说。N 恨不得把耳朵堵上。

即使已年近花甲，N 仍不时造访这座海滨小镇。她再遇不到加代阿姨，半六爷爷和烤面包颜色的狗也不在了。

N 走在海边，看到那块她曾站在上面哭泣的礁石，突然觉得有点像狗的形状。

MIZU

兔子

…… 和田诚

皮特是只兔子毛绒玩具，洛特很宠爱它。

一天，洛特抱着皮特出门散步，这还是他第一次独自外出。他走到在森林里，这可是场大冒险。但只要皮特在身边，一切都很安心。

走着走着便进入了森林深处。这时日头西斜，天色渐暗。回家吧，洛特想，却不知道该往哪边走。

刚下定决心往右走，皮特开口了。

“等等”，皮特抽动着鼻子，“不能走那边，我闻到了狼的气味。”

于是，洛特朝左走，可林子越来越深了。正不知如何是好，皮特长长的耳朵“刷”地竖了起来：“我听到了小河的水流声，沿着河走应该能找到村庄。”

顺着皮特指的方向走去，果然有条小河在流淌。

“走哪边呢？往上游走，还是下游？”

“啊，我也不知道。”皮特说着，用后腿“咚咚”地敲了敲地面，一只鼹鼠露出了头。

“村子在哪里？”皮特问。

“沿着河流往回走，就会看见村子啦。”鼹鼠告诉他们。

按照鼹鼠的指示，洛特总算走出了森林，可以看到弗朗斯先生的水车小屋了。“我知道怎么走啦！”洛特向家的方向跑去。门前原本愁容满面的妈妈，开心地一把抱住了洛特。

夏美十分喜欢妈妈读给她的这部绘本，自己也有一只小兔子毛绒玩具，她决定叫它小 P。

一天，夏美抱着小 P 出门了。虽是她第一次独自外出，但她觉得，只要有小 P 在，就不用害怕。

离家越来越远的时候，一个陌生的叔叔和夏美搭话。

“你的小兔子好可爱啊，叔叔家里有很多小兔子的朋友哦。”

叔叔温柔地把夏美抱上了小汽车。

十二小时后，叔叔被逮捕，夏美得到了保护。原来警方找到了勒索电话的信号定位。幸亏诱拐犯很愚蠢。母亲抱着夏美，一边哭一边念叨：“为什么要一个人出去？为什么要一个人出去？”

夏美好不容易才从妈妈的双臂中解脱出来，她偷偷对小 P 说：“你什么也没教给我啊。”

小 P 这才第一次开口说话：“如果是森林里的事情，我还是了解一些的。”

Wada

mizu

玻璃雪球

……安西水丸

海面风平浪静。目光所及之处，尽是一望无际的蔚蓝大海，天空也万里无云。D 在甲板上伸了一个大大的懒腰，点燃香烟。船预计明天驶入横滨港，距他上次回国，已经有三年了。

D 的母亲生下他不久就去世了，父亲去了美国行踪不明，D 是在儿童福利院长大的。长成一个内心缺乏安全感的少年对他来说，也是没办法的事，但他成绩不错，很讨老师喜欢。中学毕业后，他进入公立水产学校的机关科[①]，又读专科，成为一名航海员，之后的生活几乎都是在海上度过的。

在挪威一个叫卑尔根的港口的纪念品店里，D 第一次拿起这个不知道叫什么的奇妙玻璃摆件。那是一只小得可以托在掌心的工艺品，玻璃球里三个男人站在帆船前面。

“左边是阿蒙森，中间是斯科特，右边是白濑。[②] 白濑是日本人。”一个店主模样的男人解释道，“他鼻子大得出奇。”

啊，原来是南极探险的三个人啊。D 恍然大悟。白濑中尉能位列其中可真令人高兴。将玻璃球拿在手中摇一摇，就会飞起雪花。D 买下了它。

① 日本海事类学校专业之一，学习机械设备等相关知识。

② 罗阿尔德・阿蒙森、罗伯特・斯科特、白濑矗，三人皆为极地探险家。

半年后，D 到达旧金山港口。启航前他有两天可以休息，在渔人码头的纪念品店里又一次与玻璃球相遇了。球体内精巧地分布着金门大桥，曾关押过阿尔·卡彭的恶魔岛，以及赫赫有名的缆车。

“玻璃雪球。”

店员的回答让他第一次知道了这个摆件的正式名字。他买了三只一模一样的，打算送给船上的伙伴。

自此，D 每到一个港口都会买上一只，舱室里摆着世界各地的玻璃雪球，伙伴们常开玩笑说，他的船舱就像有水母在漂浮似的。

晚上，D 呆呆地看着这些玻璃雪球，不知怎地，脑海中竟浮现出父母的模样，他只在照片上见过他们。在停靠过的每一个国家的名胜古迹上，雪花缓缓飞舞，他仿佛听到母亲那令人眷恋的声音。

船驶入东京湾。摇曳中，熟悉的风景越来越近。D 想起了包里的玻璃雪球。二十几岁的日子马上就要结束了。回忆都留在了玻璃雪球里。

Wada

俄罗斯套娃

……和田诚

我在乔纳森餐厅等女友，怎么也等不来。于是，便有意无意地听起隔壁桌两个人的谈话。听起来他们像是电影圈的人。我既没有带书，也没有杂志，听他们讲话正好用来排遣无聊。

“岸部一德问我，什么时候能考虑一下他说的那个策划案。”

“哇哦！什么策划案？”

“有位少年，一直记着父亲给他讲过的故事。”

“什么故事？”

“他父亲曾被扣押在西伯利亚。收容所里有时能听到一个俄国士兵吹笛子。那笛子的形状很奇怪，音色却极具魅力，足以治愈人们被扣押时内心的苦痛。父亲对儿子说,想再听一听那笛声。”

“然后呢？”

“愿望还没实现，父亲就去世了。少年忘不了父亲说过的话，长大成人后来到西伯利亚。然而，现如今，已经没有人知道笛子的故事。他好不容易找到一位老人，问起这件事。老人便讲了笛子的传说。”

“听起来挺有意思的。什么传说啊？”

“不知道。故事到这儿就结束了。”

“之后的事情岸部先生没说吗？”

"嗯，到这儿我就醒了。"

"什么嘛，原来是梦啊。岸部先生的出场也是梦？"

"嗯。"

"一般你脑子里酝酿新的策划案时才会做这种梦。不过故事的构思倒是不错，充实一下，也许会是一部不俗的作品。"

"我也这么觉得。真能实现的话，还要在片头注明原著是岸部一德呢。"

两人笑着走了出去。

女友与他们擦肩而过,走了进来。我把刚刚听到的讲给她听。

"嗯……你说的那个人从梦中的岸部先生说的知道父亲说的笛子故事的老人说的传说对吧。"

"对，说的说的……"

"就像俄罗斯套娃一样。"她说。

Wada

后记

安西水丸

与和田诚先生的联合展览“On the Table”，以两人共同决定主题，并在同一张纸上分别创作的形式作画。两人演绎同一主题，先画的一方在纸张的左侧作画。简而言之，如果和田诚先生先在左侧画好，画送过来后我再在右侧接着画。先画的一方没画好可以重画。但左侧的画一旦完成，后画的人便不容有失。紧张是必然的，但我们很享受这种冒险的感觉。

在展览会的邀请函上，我写下这样的话：

> 一张白纸，两人描画。任何一方失败，都要重新画过。
>
> 这是一场悠然从容中夹缠着惴惴不安的小小的联合演出，敬请欣赏。

和田诚先生一九三六年出生，长我六岁。我还是学生时，他已经工作了。从高中起，我一直很仰慕和田先生。说是仰慕，实际上，和田先生于我而言是遥不可及的云端之人。每每想到如今能与他举办联合展览，书店里还摆着我们合著的书，就有种僭越感，甚至觉得宛如梦中。恐怕不止是我，同时代的插画家大抵都是这种感受。插画家和田诚在日本的地位独一无二，他的影响力无须多言。

一次，有人问和田先生:你做什么事时最开心?

“我的答案有些无聊，是工作的时候。”

这是和田先生的回答。实在不好意思，我也是如此。

和田先生也好，我也好，都是真心热爱画画的人。本书就是由两个这样的人创作的。

四月二十五日于青山的办公室

迟开的樱花飘落

图书在版编目（CIP）数据

桌上的猫和狗 /（日）安西水丸，（日）和田诚著；张璐译. -- 海口：南海出版公司，2020.5
ISBN 978-7-5442-9159-0

Ⅰ. ①桌… Ⅱ. ①安… ②和… ③张… Ⅲ. ①短篇小说－小说集－日本－现代 Ⅳ. ①I313.45

中国版本图书馆CIP数据核字（2020）第023398号

桌上的猫和狗
〔日〕安西水丸 和田诚 著
张璐 译

出　　版　南海出版公司　(0898)66568511
　　　　　海口市海秀中路51号星华大厦五楼　邮编 570206
发　　行　新经典发行有限公司
　　　　　电话(010)68423599　邮箱 editor@readinglife.com
经　　销　新华书店

责任编辑　侯晓琼
特邀编辑　王　依　烨　伊
装帧设计　韩　笑
内文制作　杨兴艳

印　　刷　北京盛通印刷股份有限公司
开　　本　787毫米×1092毫米　1/32
印　　张　4
字　　数　50千
版　　次　2020年5月第1版
印　　次　2020年5月第1次印刷
书　　号　ISBN 978-7-5442-9159-0
定　　价　49.50元

著作权合同登记号　图字：30—2019—154